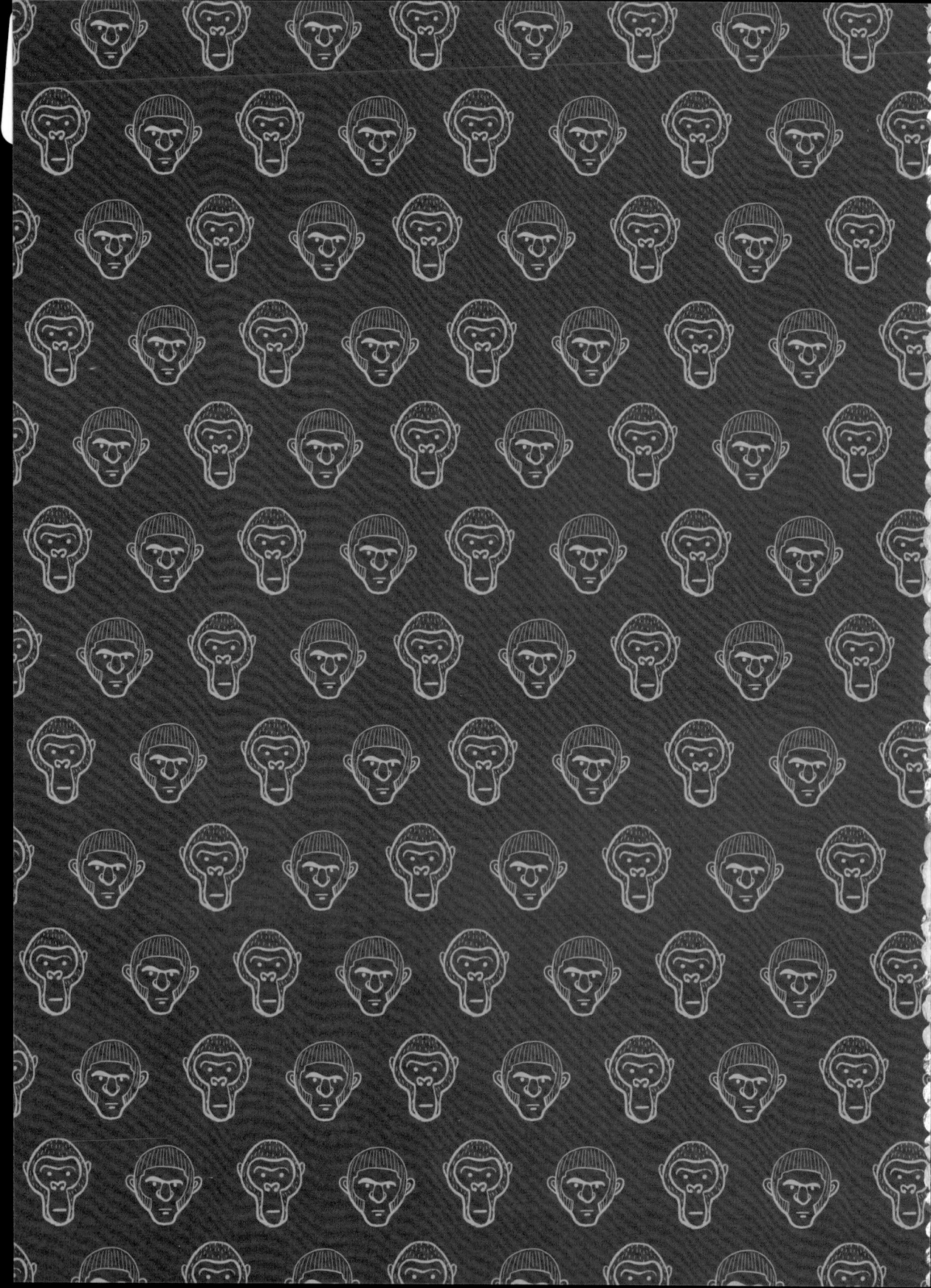

LA CONFÉRENCE

致某科学院的报告

[奥] 弗兰兹·卡夫卡 —— 著

[法] 马希·格莱德 —— 编绘   文泽尔 —— 译

四川文艺出版社

"我们都是别人的怪物。"

—— 佚名

先生们……

备受尊敬的
成员们……

科学院内备受
尊敬的各位先生！

叩
叩叩

请进！

阁下，
您的车到了！

很好，我马上
就过来。

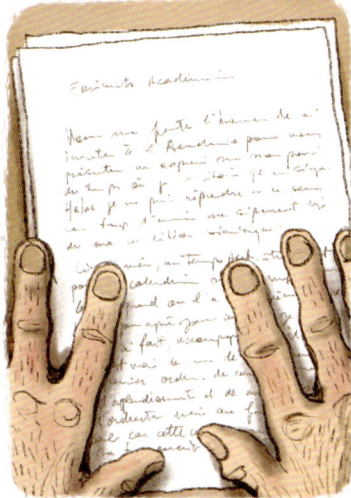

我们这就开始吧……

科学院内备受尊敬的各位先生，能够接受大家的邀请，在此报告我以前作为猿猴时所经历过的生活，我感到十分荣幸。哎呀，不过话说回来，我恐怕不能准确地满足大家所提出的报告要求，自从我脱离猿猴状态以来，时间过去得实在是太久了。

五年……单单从日历上看，大概是很短的一段时间，可是，如果大家不得不像我那样，日复一日地度过那样的日子，那显然会是无限漫长的一段时光。
但至少，至少在我的那段旅程中，是以精彩纷呈的人类陪伴开始的……
有明智的忠告……

......有掌声......

......还有管乐......

......在那个时期，我基本上是孑然一身，
同伴们往往只会跟我相处一小段时光，
然后就踏上了各奔东西的旅程。

刚开始时，假如人类愿意的话，我还是有选择的，大可以转身踏上归途。然而，随着我自身智力的持续发展，思考水平以极快的速度向前推进，久而久之，身处人类世界之中，反而令我感到越来越安心了。从我原始本能所在的那个遥远过去刮来的暴风骤雨，早已逐渐平息了下来。

今时今日，尚且能够从那个遥远过去传到这里来的，不过是一缕煦煦和风罢了，至多也只能令我的脚后跟感受到一丝凉意。当初经过的那座原始丛林，如今已变得如此遥远，遥不可及，哪怕我拥有足够的力量和非凡的意志力，恐怕也不得不先蜕去自己身上的这层皮，才能够再次回到那里。

换句话说，先生们，你们自己现在的生活，跟你们以前作为猿猴的生活之间的距离，与我本人跟我过去作为猿猴的生活之间的距离相比，其实也是等量齐观的——首先还是要接受这样一项事实，即你们在无比遥远的过去，也曾有过与我类似的经历。

尽管如此，我仍然乐意接受邀请，
尝试搜集自己支离破碎的记忆，
努力回答你们所提出的任何质询。

人类最开始教我的事情当中，就已经包括如何握手了。

这绝非易事。

握手！

就是这样……

噢噢噭噭唏

别握太紧，
你这笨蛋！

轻轻来，
现在……

啊啊啊啊啊啊呃呃呃呃！

我终于熟练掌握了这个动作，但直到很后来才明白，
在人类世界里，握手意味着正式达成协议，
是一种相互坦诚的表达。

现在，我将以坦率而直接的
方式，向你们进一步说明
我最初的握手经历。

我希望自己即将讲出的这些话语，
可以勾勒出一个大致的轮廓，
即一只曾经的猿猴如何能够
成功渗透到人类世界里，
并继续生活于此的故事轮廓。

不得不说，假如我没有完全治愈我的猿猴病，
假如我没有在文明世界一系列丰富多彩的演出中
获得牢不可破的统治地位，我是不会允许自己
与你们分享下述内容的。

"人并非天生，人是后天造就的。"

—— 伊拉斯谟 *

以下皆为事实……

我来自黄金海岸。

关于当年被捕时的情况，我必须依赖其他人的叙述才能间接得知。

隶属于哈根贝克①公司的一支狩猎队……

① Hagenbeck，指卡尔·哈根贝克父子，他们是创办动物园的先驱者，直接购买和四处搜集动物。

……顺带一提，自那以后，我跟他们这支狩猎队的领队一起，喝过很多瓶红酒……

……埋伏在我们平时喝水的水坑旁……

……等待我的部落到来。

他们开始朝我们开火。

只有我被击中了。

我中了两枪。

其中一枪擦过了我的脸颊。幸好只是皮外伤……

……但子弹却在我脸上留下了一大条红色伤疤……

……这道红疤让我收获了一个恶心的绰号，叫"红彼得"，搞得好像唯一能把我跟马戏团里那只远近闻名、大号"彼得"的黑猩猩区分开来的特征，就是我脸上的这道红疤似的。

不过这只是附带的罢了。

另一枪相比之下要严重得多。子弹刚好击中了我臀部正下方的这个位置，导致我至今走起路来都还有点跛。

我最近读到了一篇文章，作者是在报纸上对我妄加评论的成千上万条疯狗中的一条。他说：

"这家伙的猿猴本性并没有被完全压制住！"

作为证据，他举出了我喜欢脱下裤子，向客人们展示自己多年前所受枪伤的行为。

这个人呐，他用来写文章的手，
上面的手指真应该被人用枪一根一根地打飞。

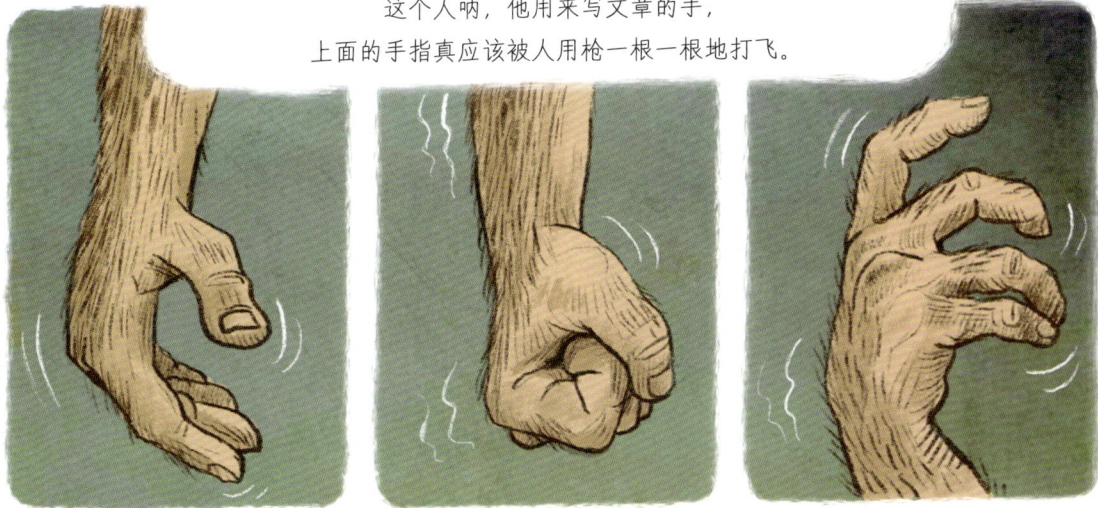

只要我喜欢，我愿意在任何人面前脱下裤子！他们只会看到精心打理过的皮毛，还有当年那些纯属犯罪的行为所导致的伤口处留下来的伤疤。

我没什么好隐瞒的！一旦涉及真相，任何强词夺理式的诡辩都将不复存在。不过话说回来，假如那个庸俗讨厌的作者愿意在众目睽睽之下脱掉自己的裤子——嗯，那就完全是另一回事了。我必须称赞他，直觉尚算敏锐，没有如此行事。

但是，我对他那精致利己的敏锐可是一点兴趣都没有！

我讲到哪儿了？

噢，对了。被我的部落抛弃，直接等死……

……当我醒来时，发现自己身在一艘哈根贝克公司轮船的货舱里。

没有被关进普通笼子里，而是被关在一个低得站不起来、窄得坐不下去的木箱中。

刚开始时，我根本不想看到任何人，于是，我就只是蜷缩在黑暗中，膝盖弯曲，身体不住地颤抖着，希望就这样孤独地待在木箱里。

他们说，这是野生动物受到人类圈养之初，用来限制它们行动的最好方式。我用自己的亲身经历证实了这点，至少从人类的角度来看的确如此……

而且，这一原则并不仅仅局限于野生动物。

但是，在那个时候，我却并不是这么想的。因为那是我有生以来第一次被困在无路可走的地方——至少在我面前没有任何出路可言，正前方是板条箱，一条条木板被严严实实地钉在一起。

不过，木板之间其实是有缝隙的。当我第一次发现缝隙时，我发出了一连串异常愚蠢却又无比快乐的嚎叫声。

噢呋
噢呋
噢呋

砰　　砰　　砰

可惜眼前的缝隙实在是太小了，即使我用尽了猿猴的力气，也无法扩大这条缝隙。

他们后来告诉我，我当时正处于一种昏昏沉沉的过渡状态，他们认为，要么我很快就会死去……

……要么，只要我能挺过这个关键的初始阶段，我将被证明是特别容易受驯化的类型。

我确实挺了过来。

后来，他们将我的板条箱换成了更大些的金属笼子。哪怕仍旧身在囚笼之中，每天能够见到阳光，未尝不是一份真正的快乐。

我崭新的生活方式，包括压低声音啜泣，发疯似的寻找跳蚤，心不在焉地舔舐一只椰子，用脑壳撞击笼子栏杆，对任何靠近我的人龇牙咧嘴。
凌驾于这一切之上的是一种感觉，一份无比痛苦的折磨：我无路可逃……
无论如何都逃不出这处牢笼！

当然啦，眼下我正使用人类的语言来描述当年那个皮囊之下的我是如何生存的，也正因此，我的讲述肯定有所失真。不过话又说回来，虽然如今的我已经无法准确把握当年身为猿猴时的真实感受，但毫无疑问，我的描述至少是与它基本相符的。

在被狩猎队逮住之前，即使处于最可怕的状况下，我也总是能够设法找到一条出路，
可是，被关进笼子里的我已经没有出路了……我被彻底困住了！我尽己所能，
探索这处监牢里的每一处角落，一根不落地检查每一处铁栏杆，
想看看是否能找到什么漏洞。很可惜，什么漏洞都找不到，无法可想！

可我急需一条出路：没有出路我就活不下去了。假如我继续待在那里，
像那样被关在笼子里，死亡将成为我无可回避的结局。

但哈根贝克公司认为猿
类就应该被关在笼子里。

在笼子里。

很好。

既然如此，
我干脆不做猿类了！

一个奇妙而清晰的念头，
不知怎么回事，
就这样浮现出来了……

……从我
肚皮深处……

……因为据说猿猴是用
自己的肚皮来思考的！

顺带一提，我现在担心你们
恐怕不能明白我所讲的
"出路"具体是什么意思。

我所使用的恰恰是这个词语
最普通、最日常的含义。

我其实在刻意回避"自由"这个词。

因为我所指的并非那种彻底
获得自由的伟大感觉。

当我还是猿猴时，恐怕已经有
过这种感觉了，我也曾遇到过
渴望获得这种感觉的人类。

可我本人从未要求过自由，
无论在当时，还是在此刻。

顺带一提，所谓自由，无非是人类经常拿来互相哄骗的玩意儿。虽然它可能确实是最崇高的感觉之一，但也可能导致最崇高的妄想。

THE HEAVEN

有很多次，在等待自己出场表演节目之前，我都会看到一对空中飞人表演者，他们在我上方很高的位置演出。

他们荡来荡去，

在空中摇摆，

凌空飞跃，

滑入彼此的怀抱……

"原来如此，原来这就是人类所谓的自由，"我暗自思忖着，"无非就是驾驭运动，掌控到至高无上的程度。"

这简直就是对神圣大自然的嘲弄！

地球上没有任何一座建筑能够经受得住
猿猴们在看到如斯景象时所发出的笑声。

不，那并非我所渴望的自由。
我想要的只是一条出路。
仅此而已。
右边，左边，无论将我引向何方，有条出路就行。我别无他求。
况且，就算最后事实证明这不过是种妄想……
……我追求的目标也很卑微……
……如此一来，妄想自然也不会显得有多离谱。

时至今日，我已经能够将这整件事情的来龙去脉看得很清楚了：假如无法将自己内心的平和感推至极限，我永远不可能逃得出去。实话实说，我能获得如今的一切，恐怕都得归功于在海上最初那几天里内心所达到的平和境界。

我必须坦承，对当时的船员们也是必须感谢的，是他们赋予了我这种平和，至少一定程度上是如此。

不管当年发生过什么，他们都是好人。

直到今天，我还喜欢回忆他们当年沉重的脚步声，那脚步声就在当时半梦半醒的我耳边回荡。

无事可做时，他们有时会围绕在我身边，围成半圆形，坐在笼子旁边。

他们有时也会躺在板条箱上抽烟斗，几乎不讲话，只会偶尔相互嘀咕两句，一旦我有什么动静，他们就会用力拍打自己的大腿，讲些乱七八糟的笑话。

你们知道大猩猩的鼻孔为什么这么大吗?

他们讲的笑话虽然挺粗俗,但无伤大雅。

因为他们的手指很大!

哈哈哈哈哈哈 哈哈哈哈哈

他们总说自己被我身上的跳蚤给咬了。

啊!跳蚤正要把我给生吞活剥!

抓

抓

那个大块头浑身都是跳蚤,你懂的。

他们的确很懂，跳蚤确实在我的皮毛里苗壮生长，而且它们非常会跳，于是船员们学会了如何跟跳蚤共存。时不时地，他们当中的某个人就会拿根棍子在我觉得舒服的地方给我挠挠痒。

假如今天有人邀请我乘上那艘船，再一次去远航，
我显然会拒绝，尽管如此，却也不能简单声称，
我在那个货舱里的每段记忆都是糟糕透顶的。

最重要的是，我从这些人中间获得了平和感，
因为这种平和感的存在，我没有试图逃跑。

事实上，当时的我已经意识到，假如需要寻找一条能够让自己生存下去的出路，那么我不会通过逃跑来找到它。我不知道在当时的情况下，逃跑是否有可能办到，但我相信这是可能的。因为猿猴似乎总能设法逃脱。

现如今，我的牙齿已经变得十分脆弱，哪怕嗑坚果都要非常小心……

……但在当时，我嘴里的獠牙，可以很快咬断我笼子上的锁。

当我将自己的脑袋从笼子里伸出来的那一刻，就会被他们抓住，重新锁回到板条箱里。

我或许可以
悄悄离开……

……跟其他一些动物躲到一起……

比方说，巨蟒……

……在它们足以碾碎一切的
怀抱中咽下最后一口气。

嘟嘟嘟嘟嘀嘀嘀嘀嘟嘟嘟嘟……

我甚至有可能偷偷
溜到甲板上……

……然后直接跳下船。

56

种种绝望之举。

结局不偏，不倚。

当然，那时候的我还不懂得如何依照人类的方式来算计一切。

不，我并没有算计什么。相反，我进行了观察。

我看到这些人来了又去。
总是同样的面容、同样的姿势。

有时看起来好像就只有一个人。

但是这个人——这些人——却畅通无阻。

我渐渐有了一个伟大而崇高的点子。

当然，没有谁提前给过我承诺，说假如我变得跟他们一样，就会打开笼子，放我出去。因为这类看似绝不可能完成的任务，是没有谁会提前想到要去给予承诺的。

事实上，这些船员身上并没有什么特别吸引人的地方。

假如我当时能够体会到他们所享有的那种"自由"，我想我宁愿直接沉到海底去。

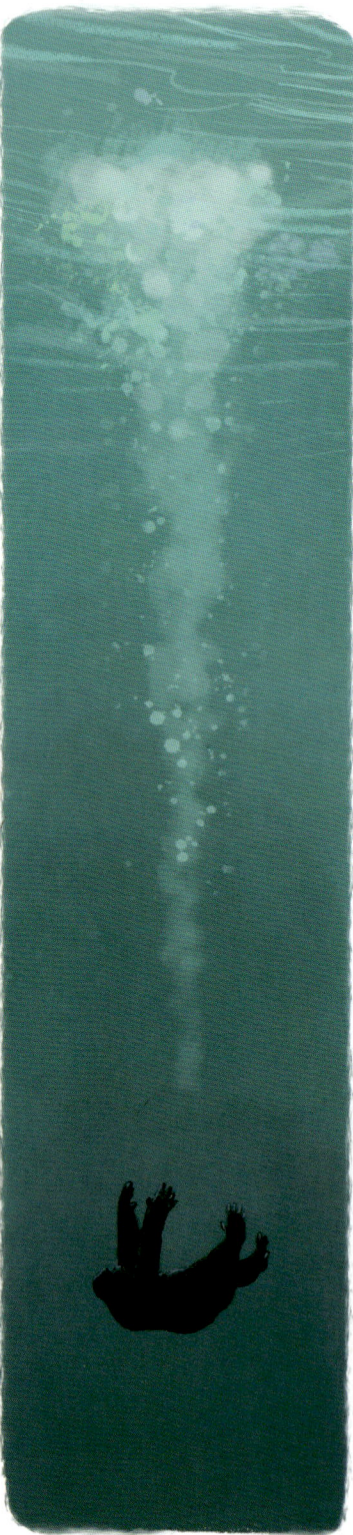

不管怎么说，我花了很长时间对人类进行观察，然后才开始考虑这样一种解决方案。

在积累了大量观察经验之后，我才下定决心，决定义无反顾地踏上成为人类的道路。

这些人很容易模仿。

我只用了几天时间，就学会了吐口水。

啐

啐

噗嗞

我们会朝对方脸上吐口水……

噗嗞

啐

……不过，与他们不同的是，吐完口水之后，我会把自己的脸舔干净。

没过多久，我就跟个老水手
一样，抽起了烟斗……

……当我将手指
摁进烟斗里时……

……我的观众们会当场
欢呼起来。

我必须承认，我花了一些时间
来理解点燃的烟斗和没点燃的
烟斗之间的区别！

"他们都说跟野生动物交朋友是危险的。
这是为了动物，还是为了我们自己？"

—— 约瑟夫·博伊登 *

最让我感到头疼的
始终还是朗姆酒。
这种气味对我是一种折磨。
我强迫自己去接受它，
花了好几个星期时间，
总算克服了对它的厌恶。

奇怪的是，他们将这种理念上的抗争，将这种肚子里、肠道里的挣扎，看得比我其他所有模仿人类的行为还要重要。

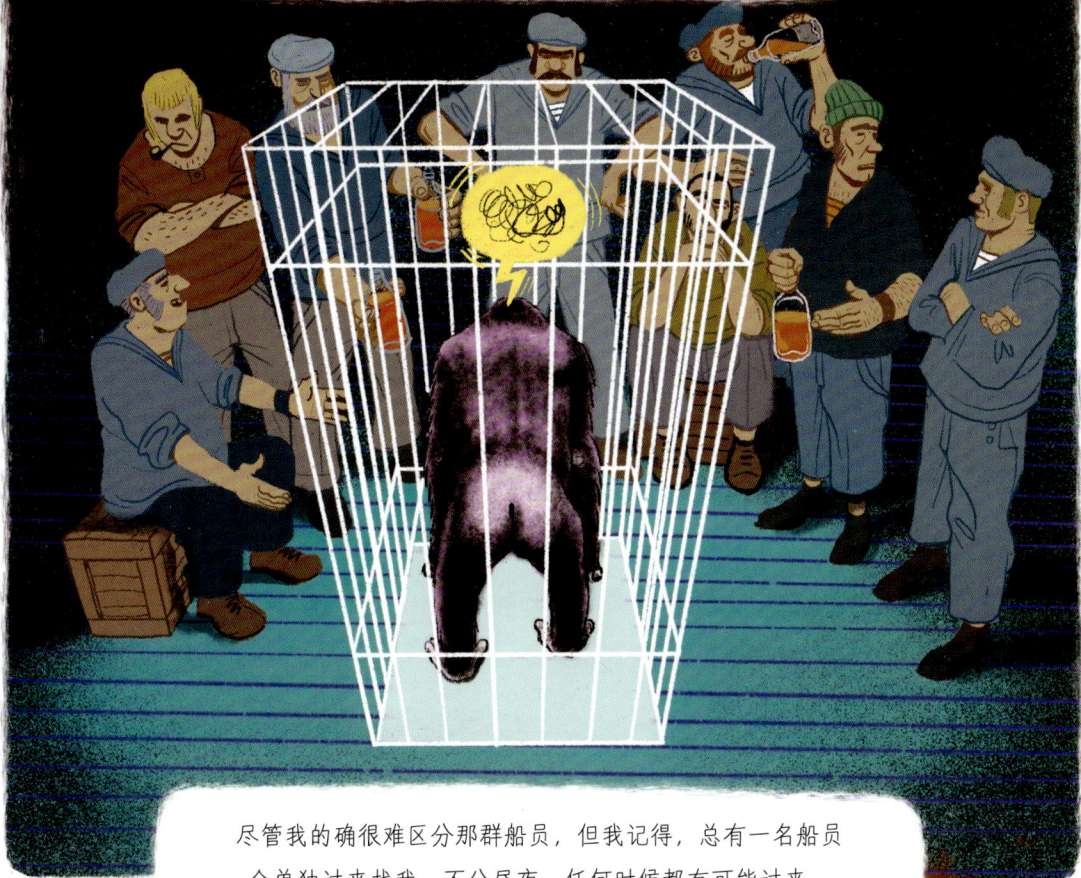

尽管我的确很难区分那群船员，但我记得，总有一名船员会单独过来找我，不分昼夜，任何时候都有可能过来。

他总是出现在我面前，手里拿着酒瓶子，给我上课。

他不理解我，但他恐怕
很想解开我的存在之谜。

他会缓慢地打开瓶子……

……然后瞥我一眼，看我
是否能够理解他的做法。

我承认，我总是以专注、
狂热的目光注视着他。

全世界没有哪个老师拥有
注意力像我这么集中的学生。

这些对我而言太超前了些。
我被渴望折磨得精疲力竭。

再也没办法紧跟他的动作，
直接瘫倒在了铁栏杆上……

……而他却揉搓着自己的肚皮，
高兴地咧嘴笑了起来，
结束了理论课的部分。

接下来就要开始完成实践作业了。

可理论课不是已经让我累得够呛了吗?

噢，是啊，当然，但这也是我命运的一部分。所以，虽然精疲力竭……

……我依然尽力伸出手，去取他递给我的酒瓶。

我浑身颤抖着，将瓶子打开。

这次成功给我带来了新的力量，让我……

……可以用像我老师那样的方式举起瓶子。

将它举到嘴唇边……

!

……我会显露出深恶痛绝的模样，将瓶子扔得远远的，
哪怕酒瓶里面其实已经空空如也，只余下些许难闻气味罢了。

这种行为令我和我的老师都感到非常失望。

事实上，我还依稀记得，当我扔掉瓶子之后，也曾学他的动作来揉搓肚皮，
也曾愉快地咧嘴笑过，可这并没能让我们当中的任何一个觉觉变好。

哎呀呀，总而言之，我的课程通常都是如此进行的，不过话说回来，值得称赞的是，我的那位老师，他从不生我的气。

虽然他偶尔会拿点燃的烟斗直接触碰我身上的皮毛……

……直到某个我的双手难以触及的地方，终于被烧着了。

好在这时，他总是会伸出一只善良的大手，亲自将火扑灭。

嗯哎
嗯哎

嗷呜 嗷呜 嗷呜

嘣嘣

啪啪啪

他从来没有责骂过我。因为他很清楚，在这场与我的猿猴天性展开的漫长斗争中，我们始终都是站在同一阵线上的，他知道，我还有更艰巨的任务要完成。

就这样，到了某天晚上，在许多围观者面前（这可能是一场派对，因为有音乐，还有一名军官跟船员们待在一起）发生的那件事，对于我们师徒而言，是多么了不起的一次胜利啊……

接下来，没有丝毫犹豫，甚至都没有龇牙咧嘴地做个鬼脸，我的眼睛圆溜溜地睁着，像个老练的酒鬼那样，开怀畅饮，将瓶子里的酒全喝光了，连最后一滴都没放过……

⁉

……我将空酒瓶甩了出去，不再是绝望地扔，而是以一位艺术家的姿势，将它甩了出去！

不可否认，一连串动作之中，我忘了揉自己的肚皮，可那也只是因为我控制不住自己，彼时彼刻，因为某种不可抗拒的冲动，我所有的感官都在恣意妄为，我所有的感官都已迷醉了……

……我高声喊道：

"你们好！"

喊出口的是人话。

随着这一声喊叫，我瞬间跃入了人类的圈子。

他们纷纷回应：

听到了吗？！
他会讲话！

那种感觉，就仿佛在我被汗水浸透的身体上，给予了一个亲吻。

诚如之前所言，我从来没有想过要去模仿人类。之所以这样做，纯粹是因为我在寻找出路，仅此而已，再没有其他任何原因。

然而，这次胜利收效甚微，我立刻失去了讲人话的新本领。花了好几个礼拜时间，我才慢慢恢复过来，对酒精的厌恶又回来了，或许比以前更严重了。

轰隆隆隆隆嗡嗡嗡

但至少有一件事是确定的……

我此生该走的道路，已经一劳永逸地确定了下来。

"人性是一项超凡脱俗的事业。"

—— 让·吉罗杜*

汉堡港，1905年。

抵达港口后，我被移交给我的第一位训练师。

我可以去动物园……

……或者……

……我可以去表演。

我没有丝毫犹豫。"动物园不过是另一个笼子罢了。"我暗自思忖，"假如你去那里，你注定会被毁掉。"

"尽你所能，到大戏台上表演去吧。那才是你的出路！"

于是，我开始努力学习，先生们。
噢，当你不得不寻找出路的时候，
你学得很快！

首先，给我站直了。
你这家伙，别再弯腰屈背。

噼啪

噼啪

噼啪

接下来，我们走路。

膝盖微微弯曲……

……头抬起来！

94

我以惊人的速度摆脱了自己的猿猴天性。

我如此迫切地想要将这份天性从自己体内驱逐出来，
我的第一位训练师都快被我给逼成了猿猴。

过不多久，他不得不放弃了教学，被安置到了精神病院。

95

大家一致认为，我的技能非常适合表演节目。

于是，我加入了克朗马戏团^①，继续学习，没有丝毫松懈。

① Krone circus，德国的一家马戏团，是欧洲最大的马戏团，由卡尔·克朗创立。

我重新掌握了人类的语言，讲人话，这可让马戏团领班高兴坏了……

"诸位来宾，你们好啊！！"

克朗马戏团
讲人话的猴子

……我的本事成了马戏团表演的主要卖点之一。

"衷心问候，大家好！！"

我对自己的本事越来越自信，
公众也开始关注我的进步，
我的未来逐渐变得一片光明。

我跟一家时髦的剧院签了约，
辗转去了伦敦。

他们向我提供了极好的膳宿条件，我的生活过得好似一位人类绅士，衣食无忧。

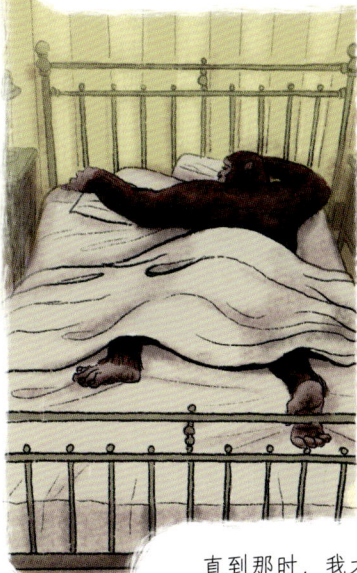

直到那时，我才明白了金钱的重要性。突然间，我厚厚的钱包就变成了一张金奖券①，这很大程度上弥补了我没有人类染色体的缺陷。

银行

① 《查理与巧克力工厂》中令人梦寐以求的通行证，持有一张金奖券，可以自由进出巧克力工厂。

99

我开始聘请自己专属的家教老师。

我请了数量可观的老师，有时一次就来好几位老师。

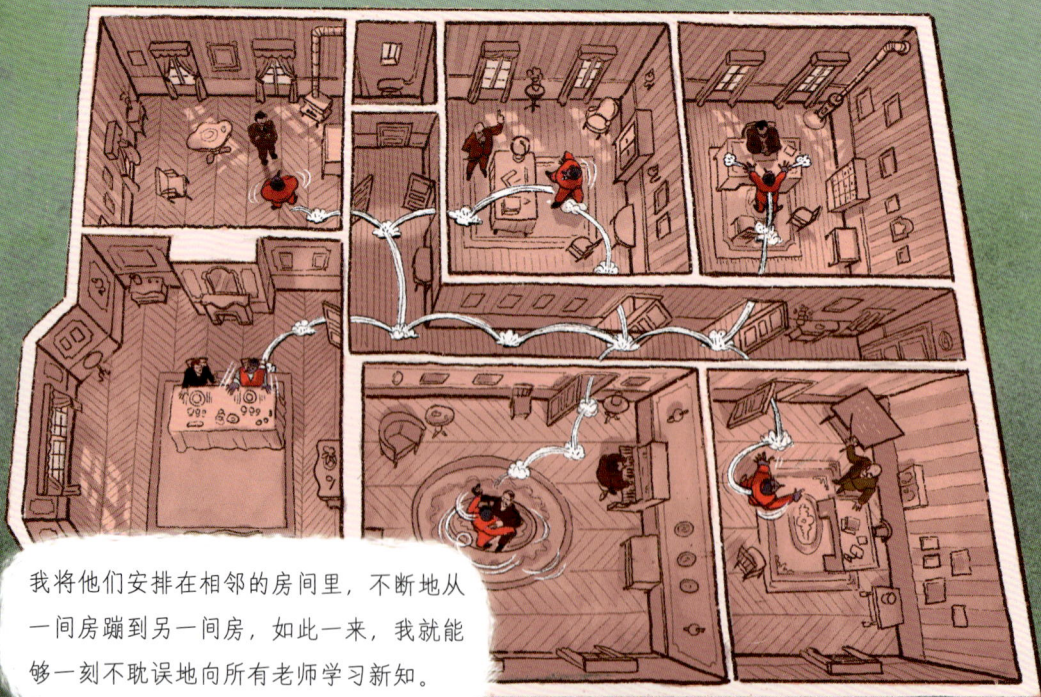

我将他们安排在相邻的房间里，不断地从一间房蹦到另一间房，如此一来，我就能够一刻不耽误地向所有老师学习新知。

她在海边卖贝壳。

这里是?

水、红酒、烈酒……

荣幸之至,
夫人。

我的篮子里有五个鸡蛋,其中两个破掉了。
还剩多少个?

你的这只手
应该放高一点。

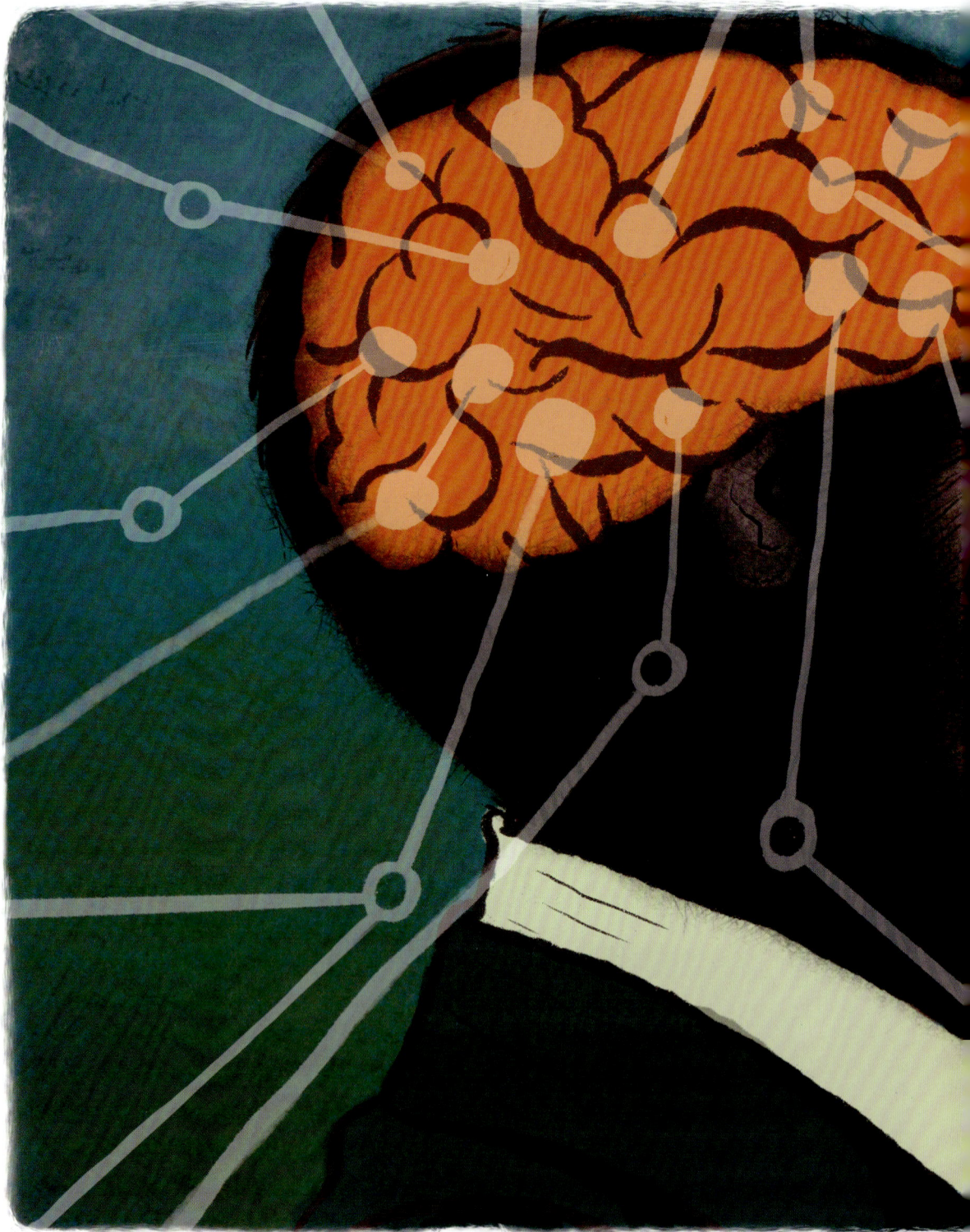

我取得了多么显著的进步啊！
知识大爆炸，从各个方向渗透
进我那高速运转的大脑之中！
我不否认：这个过程让我
充满了幸福感。

经过一番惊人的努力，我终于达到了一名普通人类的受教育水平。

我可以像普通人一样思考，
既不太聪明也不太平庸。

我可以自娱自乐。

我可以不必大张旗鼓地去过显耀生活，
而是平静地看着时间流逝。

你们可能会说，这都不算什么，但这
至少帮助我逃离了牢笼，为我提供了这条
特殊的出路……一条成为人类的出路。

你们当然都听过"万人如海一身藏①"的表述。

好吧，我就是这么做的。

我融入了人群之中。我别无选择。

① to blend into the landscape，直译为"争先恐后地窜入灌木丛中"。此处意译为苏轼《病中闻子由得告不赴商州三首》中的名句。

106

我取得了秀场表演者的崭新身份，可以随心所欲地环游世界，我最终选择在美国定居。

美国梦……你得先睡着了才敢相信！

我消失在这片全新的丛林之中。

一旦我仔细回顾自己截至目前的发展道路与相应动机，我既不能抱怨什么，也感觉不到任何欣喜。

我坐在扶手椅上，一只手插进口袋里，桌上摆着一瓶美酒，双眼眺望窗外。

假如有访客光临，
我会有选择性地接待他们。

拉斯维加斯！

我的经纪人坐在前厅里。只要我一按铃，他就进来听我吩咐。

丁零零

拉斯维加斯！

我几乎每晚都有演出，实在是太成功了，
我很难想象自己如何才能取得更大的成功。

丛林
伊甸园

109

当我参加完宴会、学术会议，
或是朋友聚会，很晚才回到家时……

……有一只半驯化过、身材娇小的黑猩猩在家里等待着我，
她跟我会以传统的猿类方式一起找点乐子。

我向来都不喜欢在隔天一早看到她，因为她总是会用那种被驯化过的动物所独有的、失落又哀伤的表情注视着我。

唯有我才能读懂那种表情，
这项事实恰恰是我无法忍受的。

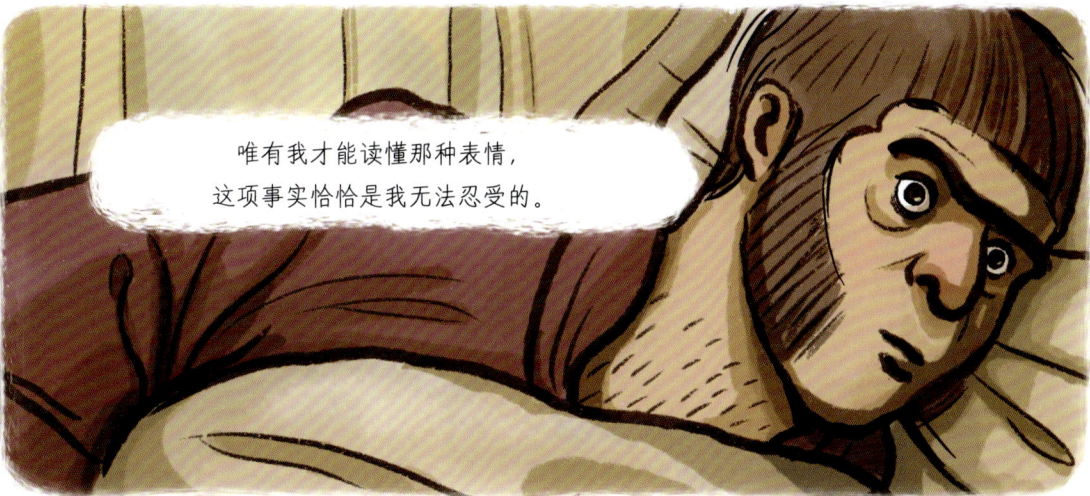

我今天之所以来到这里，不是为了征求你们的意见，
也不是为了从你们敏锐的分析能力当中获益，
而是为了展示我的知性，只是在此做报告罢了。

根本没有什么需要证明或者阐明的。我不过是想找到一条出路。

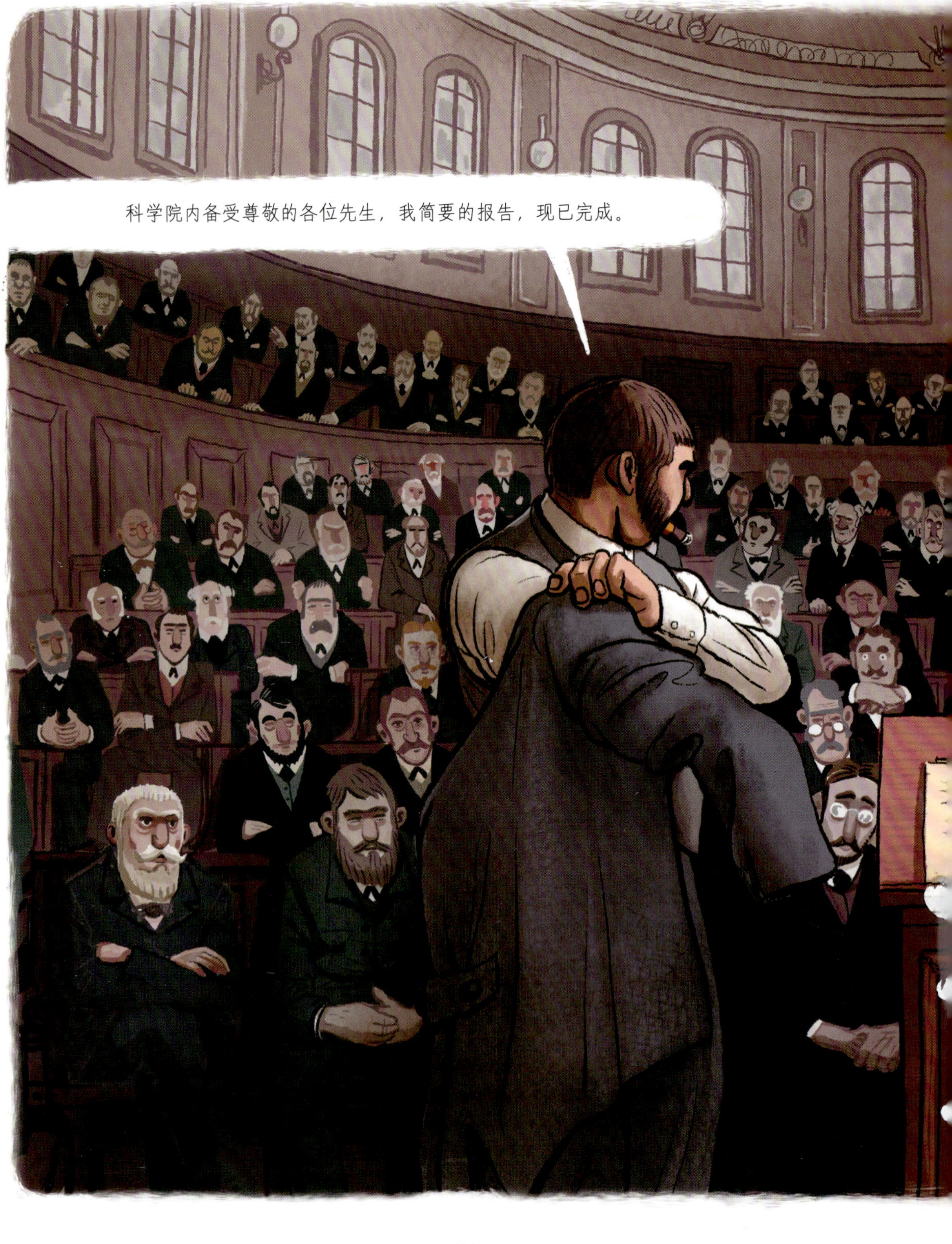
科学院内备受尊敬的各位先生，我简要的报告，现已完成。

"假如大家认为你是个怪物，
那就只剩一件事可做：超越他们的预期。"

—— 大卫·霍梅尔 *

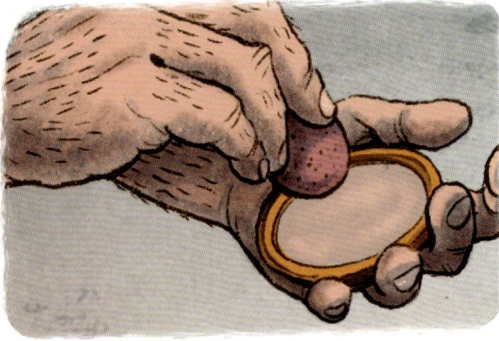

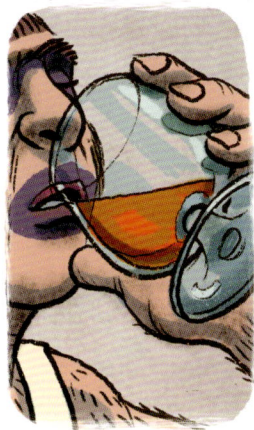

感谢保罗·贝维拉、奥利维亚·伯顿、泽尔·格兰德、
托马斯·里勒尔、朱迪斯·佩伦、加布里埃尔·提图斯，
以及热情的编辑团队。

给奥利维亚

马希

译后记

文泽尔

　　作为卡夫卡全集的译者，我接受了这本图像小说的译介委托，动机首先是好奇。众所周知，卡夫卡作品通常都是极难被视觉化的，奥逊·威尔斯在二十世纪六十年代将《审判》电影化，也是经过了大改，虽然片子名声很响，其实算不得经典，某种程度上而言，甚至造成了影迷和书迷相看两厌的尴尬局面。本书的同名原著《致某科学院的报告》不过是万字左右的短中篇，体裁也属于最难于被视觉化的科学报告形式，或者说借讲座汇报的公开信来讲自传体故事的类型。在接触马希·格莱德的成品之前，我曾经一厢情愿地认为对《致某科学院的报告》的图像化恐怕会是相对阴郁、暗黑的风格，而且改编会非常多，娓娓道来的口述部分也会大改。哪曾想到，实际接触、翻译本书的过程中，不仅预设想象全被推翻，颠覆我成见的惊喜也接连不断，颇值得在译后记中罗列、详述一番。

　　首先，本书绘画部分走的是细腻、清晰且明快的路线，用色偏亮，造型偏传统。马希的基本功非常扎实，也只有这种多年练就起来的画工，才能在叙事时大胆采用更明亮的色彩，用绘画细节来撑起场景感。对于名著改编的作品，图像无疑是会减损想象的，但只要能够尽量精确地还原想象，"定型"也未见得是坏事。熟悉欧洲漫画史的读者，可以从本书中找到很多二十世纪初作品的影子，比如叙事时的连环画式定格，我想到的是《小尼莫》；马希有时会在同一帧画面中将角色动作分解，辅以单独的亮色，在这些部分又能找到些许波普化的影子。图像部分的另一项鲜明特色，是经常让主角"红彼得"在讲述时同时现身于过去和当下，在画面中营造出符合共时性同步概念的身临其境感，令读者获得主角在超时空对称状态下连续变形的奇异体验，有意无意地实现了些许卡夫卡式迷幻效果。

其次是对原著台词的忠实还原。可以说，凡是卡夫卡借"红彼得"之口进行的内心剖白，马希在本书中都原封不动地照搬到了数不清的文字气泡当中，而且经过煞费苦心的调整，令其完全符合图像呈现，将之"内化"为图像的骨骼与肌理。说实话，作为卡夫卡原书的译者，对于这种几乎照搬原文而不显丝毫违和的图文驾驭力，我的确是感到相当吃惊的。基于名著改编的图像小说或者绘本，最常见的情况就是缩写，即将原文的内容裁剪至符合图像规模的尺度，大略呈现出经典文学作品的风貌。本书则刚好相反，在明知卡夫卡难以被图像化的前提下，依旧坚持照搬了全文。这一做法无疑是对卡夫卡经典作品的最佳致敬方式，虽然导致全书厚度显著增加，但马希堪称完美的作画、构图和分镜，却让加长的阅读时间成了享受——甚至可以说，截至目前，本书是以图文方式替换卡夫卡《致某科学院的报告》原作的最优解，读过本书之后已经不需要再读一遍原著小说了。

最后一点也是必须提及的，即经过马希改编的故事结尾。实际上，卡夫卡原作在汇报结束的同时亦戛然而止，这种干净利落显然很符合卡夫卡一以贯之的写作风格。相比之下，本书则根据卡夫卡对"红彼得"的原始设定推导出了一个单独的章节：长达七页的结尾部分。几乎没有文字出现，纯粹的图像，但其力透纸背的程度却不输原文。

* P23 伊拉斯谟：Erasmus（1466—1536），中世纪尼德兰人文主义思想家，神学家。他整理翻译了《圣经·新约全书》新拉丁文版和希腊文版。作品有《愚人颂》等。

* P65 约瑟夫·博伊登：Joseph Boyden（1966— ），加拿大小说家。他的小说主要讲述以加拿大第一民族文化（第一民族指如今在加拿大境内的北美洲原住民及其子孙）为背景的故事。作品有《走出黑云杉林》等。

* P89 让·吉罗杜：Jean Giraudoux（1882—1944），法国文学家，戏剧家，编剧。作品有《特洛伊之战不会爆发》《安菲特律翁38》等。

* P117 大卫·霍梅尔：David Homel（1952— ），剧作家，小说家。著有《说话疗法》《在黑暗中游泳》等。

作者　　弗兰兹·卡夫卡
　　　　　Franz Kafka（1883 年 7 月 3 日—1924 年 6 月 3 日）

德语小说家，本职为保险业职员。主要作品有《审判》《城堡》《变形记》等。
他生活在奥匈帝国即将崩溃的时代，又深受尼采、柏格森哲学影响，作品大都用变形荒
诞的形象和象征直觉的手法，表现被充满敌意的社会环境所包围的孤立、绝望的个人。
卡夫卡与法国作家普鲁斯特、爱尔兰作家詹姆斯·乔伊斯并称为西方现代主义文学的先
驱和大师。

编 / 绘者　　马希·格莱德
　　　　　　Mahi Grand

编剧，漫画家，1969年出生于法国南特市。
1997年，他通过《科比尼乌教授的好建议》这本书进入到漫画领域，而这本书的编剧是法
国著名喜剧人皮埃尔·德普罗格斯。2005年，马希与另外24位漫画家一起创作了一本皮埃
尔·德普罗格斯的漫画故事集。2015年，马希和编剧奥利维亚·波顿出版了《阿尔及利
亚，美如美国》。在2020年法国静默期间，他重读了卡夫卡的短篇小说，并创作出《致某
科学院的报告》这一本自编自绘的作品。

译者　　文泽尔

本名钟欢，小说家，译者。
著有作品《荒野猎人》等，翻译作品有卡夫卡《审判》《变形记：卡夫卡中短篇小说全集》。

致某科学院的报告

作者 _ [奥] 弗兰茨·卡夫卡　　编绘 _ [法] 马希·格莱德　　译者 _ 文泽尔

产品经理 _ 陈曦　　装帧设计 _ 何月婷　　产品总监 _ 赵菁

技术编辑 _ 顾逸飞　　责任印制 _ 刘世乐　　出品人 _ 王誉

营销团队 _ 孙烨

鸣谢 (排名不分先后)

贾映雪 黄钟

果麦
www.guomai.cc

以 微 小 的 力 量 推 动 文 明

图书在版编目（CIP）数据

致某科学院的报告 /（奥）弗兰兹·卡夫卡著；
（法）马希·格莱德编绘；文泽尔译. -- 成都：四川文
艺出版社，2023.4
　　ISBN 978-7-5411-6619-8

Ⅰ.①致… Ⅱ.①弗… ②马… ③文… Ⅲ.①中篇小
说—奥地利—现代 Ⅳ.① I521.45

中国国家版本馆 CIP 数据核字 (2023) 第 047294 号

本作品简体中文版由 **DARGAUD** 授权出版。
DARGAUD GROUPE (SHANGHAI) CO., LTD.
欧漫达高文化传媒（上海）有限公司

著作权合同登记号　图字：21-2023-81 号

ZHI MOU KEXUEYUAN DE BAOGAO
致某科学院的报告

［奥］弗兰兹·卡夫卡 著　　［法］马希·格莱德 编绘
文泽尔 译

出 品 人　谭清洁
产品经理　陈　曦
责任编辑　陈雪媛
封面设计　何月婷
责任校对　段　敏
出版发行　四川文艺出版社　（成都市锦江区三色路238号）
网　　址　www.scwys.com
电　　话　021-64386496（发行部）　　028-86361781（编辑部）
印　　刷　北京尚唐印刷包装有限公司
成品尺寸　175mm×230mm
开　　本　16开
印　　张　8.25
字　　数　80千
印　　数　1—7,000
版　　次　2023年4月第一版
印　　次　2023年4月第一次印刷
书　　号　ISBN 978-7-5411-6619-8
定　　价　78.00元